Disney ZOOTRÓPOLIS 2

cliper

Papel certificado por el Forest Stewardship Council®

MIXTO
Papel | Apoyando la silvicultura responsable
FSC® C117695

Penguin Random House Grupo Editorial

Primera edición: noviembre de 2025

Travessera de Gràcia, 47-49. 08021 Barcelona

Printed in Spain – Impreso en España

ISBN: 978-84-19487-52-0
Depósito legal: B-14595-2025

Compuesto por Rebeca Podio

Impreso en Talleres Gráficos Soler S.A.
Esplugues de Llobregat (Barcelona)

DS 87520

APRENDO CON DISNEY

ZOOTRÓPOLIS 2

Información para las familias y educadores

Leer aporta grandes beneficios a todas las personas. Es fundamental promover en nuestros hijos el amor por la lectura, una tarea que a veces no resulta nada fácil debido a que otras actividades de ocio pueden resultar inicialmente más atrayentes. Por este motivo, es muy importante que desde bien pequeños aprendan a leer e inculcar en ellos este hábito. La lectura ayuda a que los niños estimulen su imaginación y creatividad —haciendo que sientan más interés por las cosas que les rodean— y, además, aumenten sus conocimientos y cultura generales.

Leo con Disney es una colección pensada para que los pequeños de la casa lean diariamente unas páginas, mejoren su vocabulario, aprendan nuevas palabras y sonidos (fonemas), y desarrollen su agilidad mental con los divertidos ejercicios de comprensión lectora al final del libro.

En la colección ***Leo con Disney*** podréis encontrar varios NIVELES DE LECTURA:

LEO CON DISNEY NIVEL 1

Cuentos cortos escritos en letra ligada y letra de palo en el mismo folio para fomentar la transición hacia la lectura y en los que cada cuento trabaja una vocal, letra o grupo consonántico específico que se diferencia con un coloreado agradable y distinto al resto de la historia. Además, incluyen unas sencillas preguntas que garantizan que los niños desarrollen la comprensión lectora.

LEO CON DISNEY NIVEL 2

Cuentos un poco más complejos escritos en letra de imprenta y un párrafo por página para los niños que empiezan a dominar el hábito lector y tienen un mayor vocabulario. Cuentos llenos de valores y reflexiones para que los pequeños trabajen su propia inteligencia emocional.

LEO CON DISNEY NIVEL 3

Historias con frases más variadas, párrafos más largos y palabras nuevas que incluyen algunas oraciones compuestas y diálogos. Perfectas para los lectores que empiezan a leer solos.

Es imprescindible concienciarnos de las virtudes que tendrá de cara al futuro de los niños el hecho de que desde temprana edad aprendan a disfrutar y divertirse con un buen libro. Conseguirán, asimismo, mejorar su rendimiento en el colegio y expresar con mayor exactitud lo que piensan, lo que sienten y desarrollarán su memoria y capacidad de concentración. La colección que tienes en tus manos, ***Leo con Disney***, está diseñada para potenciar esta provechosa y maravillosa práctica.

Disney

Zootrópolis 2

cliper

¡Bruuum! Los agentes Judy Hopkins y Nick Wilde pasan zumbando por las calles de Zootrópolis.

Están persiguiendo al oso hormiguero que ha robado una furgoneta de catering.

Judy salta a la furgoneta, desviándola de la celebración del Zoontenario, pero acaba chocándose con una estatua de Ebenezer Lynxley, el inventor de los muros climáticos.

Judy ve una piel de serpiente en
la parte trasera de la furgoneta.
Le soprende mucho porque en
Zootrópolis no hay serpientes.

The Daily Gnus

El jefe Bogo regaña a Judy y Nick
por destrozar la ciudad y poner
en riesgo a los habitantes.
Les amenaza con separarlos y
prohibirles investigar nuevos casos.

Pero no lo hará si completan una tarea especial. Tienen que asistir a "terapia de parejas" con el Dr. Fuzzby.

Ellos no se ven como una de
esas parejas incompatibles.
¿Pero qué otra opción tienen?

Judy ve en las noticias que esa noche tiene lugar la Gala del Zoontenario en la Mansión Lynxley; hay mucha emoción por ver su famoso diario. Se verá por primera vez tras cien años, desde que una tortuga fue atacada por una serpiente que quería robar el diario.

Recordando la piel de serpiente
que Judy ha visto antes en
la furgoneta, le preocupa que
vaya a suceder algo similar.
Se disfrazan y acuden a la gala.
A Judy le parece muy curioso
que el diario tenga
la cubierta de metal.

Judy habla con el encantador Pawbert y se da cuenta de que ¡es familia de Ebenezer y Milton Lynxley! Mientras, ¡aparece una serpiente en el salón! Nick intenta avisar a Judy, pero está muy ocupada y no le hace caso.

¡La serpiente cae del techo!
Judy la persigue hasta el estudio,
donde ve que está obligando
a Milton a abrir el diario.

La serpiente intenta convencer a Judy de que los malos son, en realidad, los Lynxleys, pero en ese momento entra Nick y le golpea en la cabeza con una sartén.

Nick se da cuenta de su error. Veloces, cogen el diario y a la serpiente y saltan por la ventana. La serpiente escapa y Don Mascarpone con sus secuaces meten a Judy y a Nick en su limusina.

¿QUÉ QUIERE
LA SERPIENTE?

Don Bruto Mascarpone sabe que Milton Lynxley acabará con cualquiera que intente frenar la expansión de Zootrópolis. Les ofrece una nueva identidad, nueva ropa y una manera de salir de la ciudad.

Pero Judy está convencida de que podrá resolver el caso. Cree que podrá averiguar qué información hay en el diario que explique que hacían allí las serpientes.

Judy quiere seguir investigando, así que Fru Fru, la hija de Don Bruto, les pone en contacto con la podcaster Nibbles Maplestick.

Llegan a una guarida de reptiles. Con la ayuda de Jesús, su amigo lagarto, obtienen más información sobre las serpientes.

Suena una campana avisando de que la policía de Zootrópolis ha llegado. Cuando Judy y Nick corren para esconderse, la serpiente les quita el diario de las manos.

La persiguen hasta las tuberías; cogen aire y saltan detrás de ella. Nick intenta tomar una salida de emergencia antes de ahogarse.

Pero Judy no se rinde
y nada hasta coger la
riñonera de la serpiente.

Entonces… ¡ZAS! La tubería escupe a la pareja al borde de un acantilado. Judy pierde su boli de zanahoria que cae al abismo. ¡Qué contrariedad!

Los colegas discuten:
cada uno quiere hacer
las cosas a su manera…
A pesar de la discusión,
terminan encontrando
la guarida de la serpiente.

¿CON QUIÉN TE IDENTIFICAS MÁS? ¿CON NICK O JUDY?

En la guarida encuentran una fotografía antigua en la que se ve a una tortuga junto a una serpiente, y ambas están al lado de una caja de madera.

También hay un mapa. Judy se da cuenta de que Zootrópolis había tenido un barrio de reptiles en el pasado. ¿Incriminaría Lynxley a las serpientes para destruir el Barranco de los Reptiles y expandir Distrito Tundra?

¡BUUUM! La policía de Zootrópolis entra en la cabaña, destruyéndola más de lo que ya estaba. Nick está a punto de caer por un agujero del suelo y Judy se lanza a salvar la foto.

Pawbert y la serpiente se llevan a Judy inconsciente.

Nick se da cuenta de que se han llevado a Judy, pero no puede hacer nada porque la policía lo detiene y se lo lleva en una furgoneta.

¿CUÁNTAS PERSONAS COMPONEN TU FAMILIA?

Entre tanto, Kitty y Milton Lynxley han hecho un descubrimiento: Pawbert ha estado ahí, y eso no les gusta nada.

Judy se despierta en el sidecar de la moto de Pawbert, sentada junto a la serpiente, que se presenta como Gary De'Snake. Le prometen que detendrán a los Lynxley y salvarán a su compañero.

Pawbert le explica que
las serpientes pueden ver el
calor, por lo que pueden ver
imágenes en el metal,
ahora podrán desvelar
el secreto del diario.

Esa noche en el desierto,
Gary tiene una visión y
empieza a contar la historia.

Gracias a Gary, Judy descubre que el diario no pertenecía a Ebenezer Lynxley. De hecho, ¡él ni siquiera había inventado los muros climáticos! El diario era de Agnes, la bisabuela de Gary.

Agnes quería construir un lugar en el que todos los animales pudieran vivir juntos, incluidos los reptiles. De hecho, tenía una patente que demostraba que la idea era suya.

¿CÓMO SE LLAMAN TUS BISABUELAS?

Cuando Agnes le pidió a Ebenezar ser socios, este le robó el diario, arrancó la patente y la tiró a la chimenea.

La niñera de los Lynxley, una tortuga, rescató la hoja del fuego y fue en busca de su amiga, Agnes. Ebenezer la siguió y la atacó, pero hizo parecer que la culpable del ataque había sido Agnes.

Todos los reptiles tuvieron
que huir de su distrito,
y este quedó sepultado bajo
la nieve para siempre.

La tortuga consiguió darle la
patente a Agnes, que la escondió
antes de que llegara la policía.

Gary explica que nadie sabía
dónde había estado la casa de
su bisabuela… hasta ahora.

Judy estudia la foto de Agnes y se fija en la torre del reloj, ¡si encienden la luz de Barranco de los Reptiles podrán encontrarla!

Mientras tanto en la cárcel, Nick se encuentra de nuevo con Nibbles. A cambio de que él le cuente la historia de la pelea con Judy, ella

lo liberará. ¡Tiene la llave de la celda! Libres por fin, Nick llama a Flash para pedir ayuda.

Nick sabe que Judy está en peligro
y que se encuentra en las
Dunas del Desierto.

Por suerte Flash, lento en tierra pero veloz en su coche de carreras, los llevará hasta allí a toda prisa.

FLASH ES UN PEREZOSO LENTO. ¿QUÉ COSAS ESTÁ BIEN HACER LENTAMENTE?

Judy, Gary y Pawbert están intentando llegar al muro climático para encender la luz de la torre y encontrar el Barranco de los Reptiles.

Cuando están atravesando el festival Burning Mammal, la policía los alcanza...

…pero el coche de Flash,
con Nick y Nibbles a bordo
se atraviesa y permite que
Judy, Pawbert y Gary huyan
de la policía.

Cuando llegan a la torre de control, tienen vista sobre las montañas nevadas. Judy usa el diario como guía para activar el generador y conseguir que se encienda la luz de la torre.

–¿Lo hemos conseguido? ¿Encontramos la casa y con ella la página con la patente? –pregunta Pawbert emocionado.

Entonces se gira e inyecta veneno a Judy.

–No te enfades, de verdad quiero hacer del mundo un lugar mejor... para mí.

Pawbert deja a Judy, coge la riñonera de Gary con el antídoto y se va.

¿TE ESPERABAS QUE PAWBERT TRAICIONARA A JUDY?

Al salir se encuentra a Nibbles y también a ella le inyecta veneno.

La abandona y sube para buscar a Nick. Lo que Pawbert quiere es acabar con él y volver a casa para ser el héroe de su familia.

Judy está muy débil,
pero Gary la anima diciendo:

–¡Lo tenemos que conseguir!

Gary se acerca para abrazarla;
ella es su amiga de sangre caliente.
Con el abrazo, recupera su fuerza.

Justo entonces entra la policía que
cree que Gary intenta matar a Judy.

En la azotea, Pawbert ha encontrado
a Nick y han comenzado a pelearse.
El antídoto ha salido volando
y está a punto de caer.

–No vale la pena arriesgar la vida por esto –le dice Pawbert a Nick. Pero Nick sabe que solo así salvará a Judy y se lanza.

¿POR QUÉ NICK SE ARRIESGA PARA SALVAR A JUDY?

Gary ve el antídoto caer, y lo atrapa con la cola. Muy rápido, se lo pone a Judy que se despierta de inmediato y sale corriendo en busca de Nick. Gary la sigue a toda velocidad.

Judy llega a la azotea justo
a tiempo: el hielo está a punto
de romperse. Pawbert
y Nick caen.

Pero la coneja le da
la mano a Nick…
y Gary llega y los salva
a ambos de una inminente caída.

Nick confiesa que estaba asustado de perderla porque es muy importante para él y Judy no quiere a nadie más como compañero.

¿CÓMO MUESTRAS A TUS AMIGOS QUE LOS QUIERES?

Juntos piensan un plan y alcanzan a Pawbert. Le consiguen tumbar sobre la nieve y, junto con Nibbles y Gary, se encargan de evitar que encuentre la casa y destruya la patente.

La casa está en una especie de laberinto de hielo donde parece que no haya pasado el tiempo. Todos los libros de Agnes aún se encuentran en las estanterías, con sus cubiertas de metal.

¿POR QUÉ SON DE METAL LAS CUBIERTAS?

También está en la estantería ¡la caja de madera que se ve en la foto! Dentro de la caja encuentran, por fin, la patente de Agnes.

Ahora sí, la policía arresta
a los verdaderos culpables que
son los miembros de la familia
Lynxley. Están acusados de
robar los planos
e inculpar a la serpiente
para su propio beneficio.

En terapia de grupo todo el mundo presta atención a Judy y Nick, a los que ahora se conoce como el "equipo ideal". Explican como sus diferencias son las que les hacen que juntos sean mejores.

¡Por fin las serpientes pueden volver al Barranco de los Reptiles! Gary ha montado una fiesta en la antigua casa de Agnes De'Snake.

En la fiesta, Nick le da a Judy un regalo especial: ¡el boli de zanahoria que ella había perdido! Lo encontró y ha estado arreglándolo.

–Te quiero, compañera –admite, bromeando que solo se lo dirá una vez cada década. Judy sonríe, pulsa el boli y este repite:

"Te quiero, compañera."

ACTIVIDADES

Rellena el crucigrama contestando las preguntas.

1. ¿Qué animal es Gary?
2. ¿Qué roba Gary en la Gala del Zoontenario?
3. ¿En qué vehículo se despierta Judy junto a Pawbert y Gary?
4. ¿Qué animal era la niñera de los Lynxley?

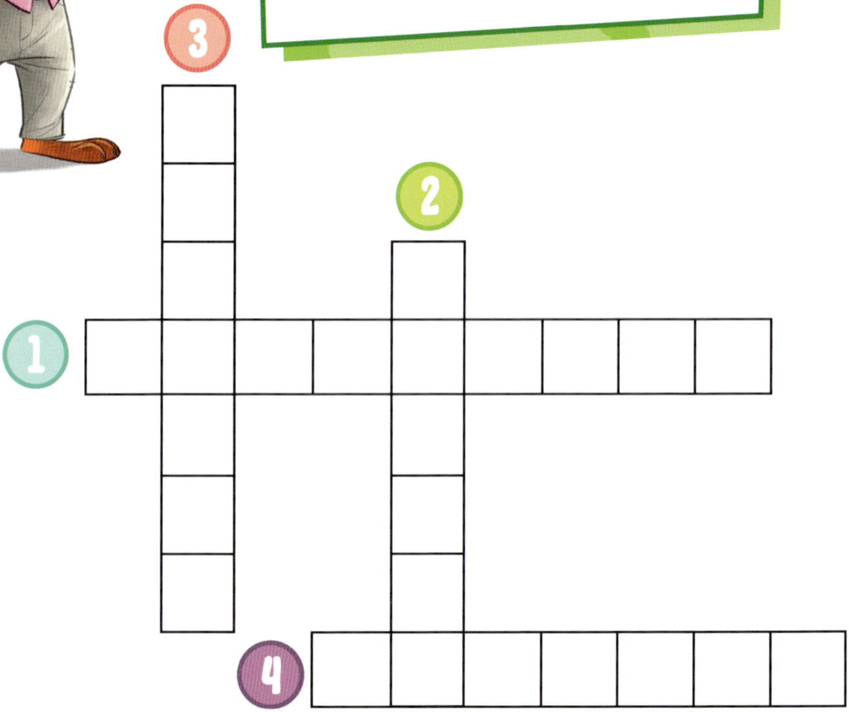

Si has seguido la historia y mirado con atención las ilustraciones, no te costará nada relacionar cada frase con el personaje correcto.

A

B

C

D

1. **Tiene un podcast.**
2. **Es dueño de una mansión en Distrito Tundra.**
3. **Puede leer el metal.**
4. **Es la hija de un mafioso.**

SOLUCIONES: **Actividad 1:** 1- SERPIENTE, 2- DIARIO, 3- SIDECAR, 4- TORTUGA

Actividad 2: A-3, B-4, C-1, D-2

ACTIVIDADES

Mira este puzle. ¡Le falta una ficha! ¿Eres capaz de identificar la ficha que falta entre las que tienes abajo? Presta mucha atención.

1

2

3

Un buen investigador es muy rápido mentalmente. Añade el signo + o – que falta para que el resultado sea correcto.

$$4 + 2 + 1 \bigcirc 3 = 10$$

$$6 - 1 \bigcirc 4 - 5 = 4$$

$$8 + 2 - 1 \bigcirc 3 = 6$$

$$7 \bigcirc 2 - 1 + 5 = 13$$

SOLUCIONES: Actividad 1: 2
Actividad 2: +, +, -, +

OTROS TÍTULOS DE LA COLECCIÓN

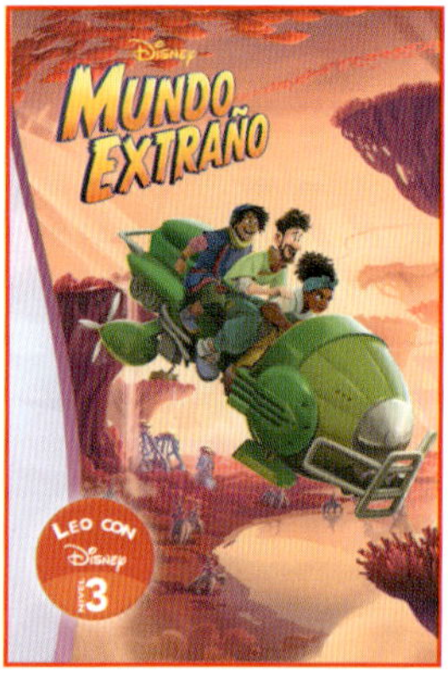

cliper